KB190151

매일 듣고 싶은 한마디
필사책

매일 듣고 싶은 한마디
필사책

김옥림 지음

청민
미디어

꿈을 주는 문장을 마음에 담아 쓰다

'필사(筆寫)'의 사전적 의미는 '베껴 씀'이다. 즉, 시나 소설 등의 문장을 그대로 따라서 직접 쓰는 행위를 말한다. 그렇다면 읽는 데 그치지 않고 왜 굳이 힘들게 필사하는 것일까.

읽는 것은 그 순간뿐이어서 읽고 나면 내용을 잊어버리기 십상이다. 하지만 필사를 하면 내용을 오래도록 기억할 뿐만 아니라, 깊이 음미하는 데 큰 도움이 된다. 그런 까닭에 예로부터 사대부(士大夫)들이나 선비들은 책을 읽고, 읽은 내용을 한지에 그대로 옮겨 썼다. 옮겨 쓰면서 읽은 내용을 마음에 새기고, 정확하게 머리에 저장했다. 그리고 그 문장들을 수시로 되뇌면서 자기 생각을 만들어내고, 그 생각을 토대로 하여 자신만의 학문과 사상을 정립했다. 그런 의미에서 볼 때 필사는 단순히 문장을 옮겨 쓰는 것이 아니라, 자신만의 생각을 만들어내는 데 중요한 수단으로 작용했

던 것이다.

이를 잘 알게 하듯 간서치(看書痴), 즉 '책만 보는 바보'로 널리 알려진 조선 후기 때 실학자 이덕무는 2만여 권의 책을 읽은 다독가로 유명하다. 그는 읽는 책마다 주요 내용을 반드시 필사함으로써 자신의 학문과 사상을 만들었다. 서자 출신인 그는 벼슬길에 나설 수 없었으나, 그의 비범한 학문적 재능을 눈여겨본 정조 임금은 그를 규장각 검서관으로 임명했다. 그에게는 자신의 뜻을 펼칠 천재일우의 기회였다. 그는 자신에게 주어진 기회를 십분 발휘할 수 있도록 매사에 최선을 다했다.

이덕무는 10년 동안 검서관 일을 하며 많은 책을 저술했는데 역사와 지리, 초목과 곤충, 물고기 등에 폭넓은 지식이 있었기에 가능한 일이었다. 그의 저술 총서라 할 《청장관전서(靑莊館全書)》를 통해 그의 폭넓은 지식과 학문적 깊이를 가늠할 수 있다. 그는 시문에도 능했다. 청나라에서 간행된 《한객건연집(韓客巾衍集)》에 유득공, 박제가, 이서구와 더불어 수록된 그의 시가 99수에 달하는데, 청나라 문인들 사이에서도 그의 명성은 자자했다.

이처럼 서자 출신인 이덕무가 조선 후기 대표적 실학자가 될 수 있었던 것은 풍부한 독서와 꾸준한 필사를 통한 자기만의 사상과 학문을 구축했기 때문이다.

어디 이뿐인가. 필사의 중요성을 잘 알고 있었던 문인 대다수는 문청 시절 자신이 좋아하는 시나 소설을 읽고 필사하는 것을 철칙으로 여겼다. 문청 시인들은 자신이 좋아하는 시인의 시집을 너덜너덜해질 때까지 읽으며 필사했고, 문청 소설가들은 두꺼운 장편소설이 닳아 없어질 정도로 읽으며 필사했다.

요컨대 필사를 하면, 첫째, 읽은 내용을 오래도록 정확히 기억할 수 있다. 둘째, 나만의 생각을 세우는 데 큰 힘이 된다. 셋째, 그 글을 쓴 작자(作者)의 생각에 동화하고 문심(文心)에 가닿아 깊이 공감하며 음미할 수 있다. 넷째, 어휘력과 표현력, 문해력과 문장력을 기르는 데 큰 도움이 된다.

필사는 문장과 나를 일체화하는 행위이다. 그렇기에 힘들지라도 하는 만큼 만족스러운 효과를 볼 수 있다.

요즘 서점가에는 필사하기 좋은 책을 찾는 이들의 발길이 이어지고 있다고 한다. 이런 뜻깊은 시기에 조금이나마 도움 되고자 저자의 장점이 녹아든, 필사하기 좋은 글들을 가려 뽑아 필사책을 펴내게 되었다.

이 책은 필사가 주는 매력적인 효과를 극대화하기 위해 '삶의 지혜를 길러주는 깨달음의 문장들', '신념과 믿음과 마음을 단단하게 해주는 문장들', '이상과 용기를 길러주는 지혜의 문장들', '어휘력과 문해력을 길러주는 사색의 인생 문장들', '나를 깨우고 변화시키는 명시 그리고 명문장들', '사랑과 행복을 전해주는 푸른 서정과 사랑의 문장들' 등 총 6장으로 구성했다.

이 책 속 주옥같은 문장들을 필사하고 음미하면서 글과 하나 됨

을 느껴보라. 읽기만 했을 때와는 현격히 다른, 뜨겁고 깊은 감동
을 경험하게 될 것이다.

  이 책을 마음에 담아 꾹꾹 눌러 쓰는 당신의 인생이 원하는 대
로 이루어지길, 그래서 늘 행복이 함께하길 응원한다.

김옥림

차례

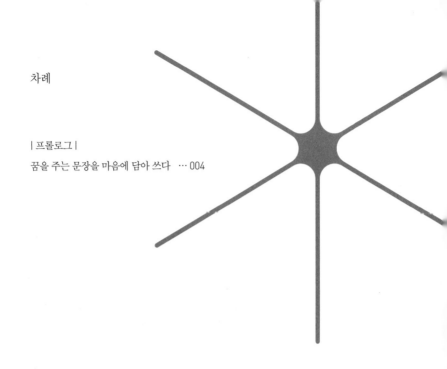

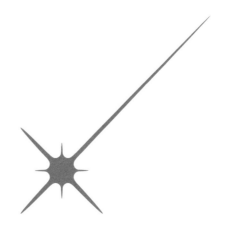

Chapter 2

신념과 믿음과 마음을 단단하게 해주는 문장들

이상과 용기를 길러주는 지혜의 문장들

어휘력과 문해력을 길러주는 사색의 인생 문장들

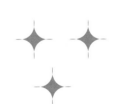

Chapter 5

나를 깨우고 변화시키는 명시 그리고 명문장들

사랑과 행복을 전해주는 푸른 서정과 사랑의 문장들

Chapter 1

삶의 지혜를
길러주는
깨달음의 문장들

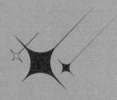

삶은 사는 게 아니라 살아지는 것이다.

무엇이든
자세히 보라

무엇이든 자세히 보면

그 나름대로의 아름다움이 있다.

자세히 본다는 것은

애정과 관심을

기울이는 아름다운 행위이다.

소유의 주인이
되라

진정한 소유자가 되려면

소유의 노예가 되지 말고,

소유의 주인이 되어야 한다.

의미 있는 삶

의미 있는 삶을

크고 높은 것에서 찾지 말라.

자신의 형편에 따라 할 수 있는 거라면

그 어떤 것도 의미가 있다.

의미 있는 삶이 당신을 참되고 복되게 할 것이다.

상대와 좋은 관계를
맺고 싶다면

● 상대와의 좋은 관계는

상대에 대한

당신의 배려와 이해에서 비롯된다.

상대의 입장에서 생각하고 행동하라.

그리하면 상대 또한

당신 입장에서 생각하고 행동할 것이다.

나무처럼
살수 있다면

나무는 붙박인 대로 자라나
푸른 숲을 가꾸고 열매를 내어준다.

나무는 안다,
사랑이라는 진실이 무엇인지를.

그런 까닭에
나무는 인간에 대한 믿음을,

아낌없는 사랑으로 갚는 것이다.

내어놓을 줄
아는 자만의 기쁨

움켜쥐고 끌어안기만 하면,

베풂의 기쁨을 모른다.

내어놓아야 할 땐 내어놓아야 한다.

그 순간 기쁨의 전율이 일어날 것이다.

내어놓을 줄 아는 자만이

기쁨의 참맛을 제대로 알게 될 것이다.

● 전율(戰慄): 몸이 떨릴 정도로 감격스러움을 비유적으로 이르는 말.

충만한 삶

충만한 삶은

물질과 지위와 학벌과 명예에 있지 않다.

그것은 착각일 뿐이다.

자기 내면이 튼실하다면

외적인 조건이 비록 가난할지라도

자신만의 충만한 삶을 살 수 있다.

● 내면(內面): 겉으로 드러나지 아니하는 마음속의 감정이나 심리.

인연을
소중히 하라

소중한 인연은
자신이 만드는 것이다.

내가 잘하면
상대 또한 내게 잘하게 되기 때문이다.

인연을 소중히 하라.

인연을 소중히 하는 것은
내 인생이라는 금고에,

인덕을 저축하는 것이다.

● 인덕(人德): 사람으로서 도덕적, 윤리적 이상을 실현해 나가는 인격적 능력.

정도에서
벗어나지 않기

아무리 좋은 것도

지나치면 도리어 해가 되는 법이다.

사랑이든, 물질이든, 명예이든,

그 무엇이든

정도에서 벗어나지 않게 하라.

● 정도(正道): 올바른 길이나 정당한 도리.

최고의 대화법,
경청

남이 말할 땐
성의 있게 들어주어라.

상대는
당신을 좋은 사람이라 믿고,

좋은 관계를
갖고 싶어 할 것이다.

● 성의(誠意): 정성스러운 뜻.

덕을 베푼다는 것은

덕은
자신을 영화롭게 하고,

악은
자신을 불행에 빠지게 한다.

즐겁고 행복한 인생을 바란다면
매사에 덕을 심어야 한다.

● 영화(榮華): 몸이 귀하게 되어 이름이 세상에 빛남.

자신을 가치 있게
하는 법

자신에게 주어진

책임은 반드시 져야 한다.

그것은 자신을

가치 있는 인간으로 만드는 일이다.

삶의 정의

삶은 사는 게 아니라

살아지는 것이다.

삶에 자신을 맡기고 열심히 사는

지혜로운 사람이 되라.

독서는
때가 없다

독서는 때가 없다.

때를
가리지 말고 독서하라.

독서량만큼
인생은 빛을 발하는 법이다.

완전한 이해

완전한 이해를 바라지 말라.

완전한 이해란 없다.

상대의 입장에서 생각할 때

오해를 줄임으로써

완전한 이해에 가까워지는 것이다.

기적을 사는
존재

우리는
매사를 소중히 해야 한다.

우리는 하루하루
기적을 사는
소중한 존재이기 때문이다.

인생의 가치

삶의 가치를

어디에 두는가에 따라

그 사람의

인생 가치는 결정된다.

인간의 본성을
맑고 향기롭게 하기

따뜻한 가슴에는
생명이 넘치고 사랑이 넘친다.

하지만 따뜻한 가슴을 잃는 순간,
인간의 본성을 잃게 되고
자신을 어둠의 감옥에 갇히게 한다.

따뜻한 가슴을 잃지 않도록
인간의 본성을
맑고 향기롭게 하라.

● 본성(本性): 사람이 본디부터 가진 성질.

하고 싶은 일은
그 자체가 꿈이다

자신이 하고 싶은 일은
힘들어도, 돈이 안 되도
즐거움을 준다.

시류를 따르지 말고,
누구의 눈치도 보지 말라.

오직,
자신이 하고 싶은 일을 하라.

하고 싶은 일은
곧,
그 자체가 꿈이다.

● 시류(時流): 그 시대의 풍조나 경향.

때때로 침묵하라

말이 넘치는 시대에는
때때로 침묵이 필요하다.

침묵을 통해 자신을 돌아보고,
생각을 정리할 필요가 있다.

그렇지 않으면
넘치는 말로 인해 화를 입을 수 있다.

침묵하라.

침묵함으로써 내면의 소리에 귀 기울여라.

단순한 삶을
산다는 것은

● 단순한 삶을
, 살아간다는 것은 쉽지 않다.

그것은 절제를 필요로 하고
때론 그에 따른 고통을
감수해야 하는 까닭이다.

하지만 그처럼 살 수만 있다면
좀 더 완전한 행복에 이를 수 있다.

단순한 삶을 산다는 것은
인간의 본질을 가장 투명하게
성찰할 수 있기 때문이다.

삶의 브레이크

 절제는

인

생

의

미덕이자 삶의 브레이크이다.

● 절제(節制): 정도에 넘지 아니하도록 알맞게 조절하여 제한함.

첫 마음을
잃지 않기

첫 마음은
삶의 순결성이다.

삶의 순결성인 첫 마음,

그 어느 때이든
절대
그 마음을 잃지 말라.

누구와 함께하느냐가
중요하다

사람에게 가장 큰
영향을 끼치는 존재는 사람이다.

그런 까닭에
누구와 함께하느냐는
매우 중요하다.

누구와 함께하느냐에 따라
그 사람의 인생이 결정되기 때문이다.

처음 시작이
중요하다

모든 일은
처음 시작이 중요하다.

처음을 어떻게 시작하느냐에 따라
모든 것은 결정된다.

자신이 바라는 것에 대해
좋은 결과를 얻고 싶다면,

오늘이 마지막이듯
자신의 모든
에너지와 역량을 쏟아부어라.

● 역량(力量): 어떤 일을 해낼 수 있는 힘.

인생의 녹슮을
경계하라

녹이 쇠를 녹슬게 하듯

게으름, 나태함, 탐욕,

부정적인 생각, 무책임 등은

사람을 파멸로 이끈다.

늘,

인생의 녹슮을 경계하라.

인생에
정년은 없다

인생에 정년은 없다.

100세 시대에
인생의 정년은 스스로 만드는 것이다.

창조적 정신과
노력이 멈추는 날까지는,

언제나 현역으로 사는 당신이 되라.

혼자만의
시간갖기

혼자만의 시간은
자신을,
가장 잘 들여다보는 시간이다.

혼자만의
시간을 통해 자신을 성찰하라.

성찰함으로써 자신도 사물도
새롭게 바라보는 눈이 열리게 될 것이다.

그 일이
그 사람을 만든다

자신의 인생을
새롭게 변화시키고 싶다면,

그럴 수 있는 일에
각고의 노력을 다하라.

그 일이
곧,
그 사람을 만드는 법이다.

● 각고(刻苦): 어떤 일을 이루기 위하여 어려움을 견디며 몸과 마음을 다하여 무척 애를 씀.

삶을 주체적으로
살아가기

옳은 일은 옳다,
그른 일은 그르다 하고
냉정하게 판단해야 한다.

그렇게 될 때
삶을
주체적으로 행복하게 살 수 있다.

품격 있는 인생

품격 있는 인생이 되려면
마음을 맑게 하고,
양심에 부끄러움이 없어야 한다.

품격은 그 누군가가
높여주고 만들어주는 것이 아니다.

자기 스스로에게 떳떳할 때
품격은 저절로 따라온다.

품격 있는 인생이야말로 진정한 부자다.

첫걸음이
중요하다

노자는 말했다.
'천 리 길도 한 걸음부터 시작된다.'

천 리나 되는 길도
첫걸음을 떼어놓음으로써 시작하는 것이다.

만약 첫걸음을 떼어놓지도 못하고 포기한다면
그 길은 영원히 갈 수 없다.

넓고 크고
깊게 보라

● 일이관지,
, '하나로써 그것을 꿰뚫는다'라는 말처럼
하나의 이치로써 모든 것을 일관해야 한다.

그러기 위해서는 헛된 것에
마음 두지 말고 진실을 볼 수 있어야 한다.

즉, 전체를 보기 위해서는
넓고 크고 깊게 보라.

● 일이관지(一以貫之): 하나의 방법이나 태도로써 처음부터 끝까지 한결같음. 또는 모든 것
을 하나의 원리로 꿰뚫어 이야기함.

자신이 하는 일에
자부심을 가져라

자신이 선택해서 하는 일에 자부심을 갖지 못하면 그 어떤 일을 한들 별로 달라질 게 없다. 왜냐하면 마인드 자체에 문제가 있기 때문이다.

반면, 자신을 사랑하고 자신의 일에 대해 열정을 가진 사람은 남이 보기에 보잘것없는 일에도 자부심을 갖고 일한다. 그리고 그 일에 최선을 다함으로써 좋은 결과를 이끌어낸다.

085

그 사람의
그릇

사람 그릇의 크기는 학력에 있는 것도 아니고, 지위에 있는 것도 아니고, 권력에 있는 것도 아니고, 부에 있는 것도 아니고, 명예에 있는 것도 아니다. 그 사람의 마음 씀씀이에 있다.

그렇다면 문제는 간단하다. 그릇이 큰 사람이 되고 싶다면 남에게 베푸는 일에 힘써라. 그러면 넉넉한 사람으로 인정받게 됨으로써 자신에게 만족할뿐더러 행복한 사람으로 살아갈 수 있다.

입체적인
사고력

입체적인 사고란 무엇을 말하는가. 어떤 문제에 대해 생각할 때 한쪽으로만 생각하는 것이 아니라 다양하게 생각하는 것을 말한다.

입체적인 사고를 기르기 위해 다양한 지식을 축적하고 다각적인 관점에서 상상하며 시도하라. 그렇게 해 나아가다 보면 전체를 바라보고 통찰하는 혜안이 길러질 것이다. 입체적인 마인드를 갖추게 됨은 물론이다.

마음의 무게를
가볍게 하라

쓸데없이 걱정하는 것, 지나친 욕망에 사로잡히는 것, 극단적인 이기심에 빠지는 것, 남을 이기기 위해 무모하게 행동하는 것, 자기중심에 빠져 상대를 무시하는 것 등은 마음의 무게를 무겁게 한다. 이런 마음에 사로잡히면 판단력이 무뎌질뿐더러 사소한 일에도 흔들린다.

마음의 무게를 가볍게 하기 위해서는 불필요한 걱정으로부터 자유로워지고, 욕망을 반 뼘은 내려놓아야 한다. 또 상대를 배려하고 이기려고만 하는 마음의 족쇄에서 벗어나야 한다. 이런 마음을 갖게 되면 마음이 한없이 맑아지고 가벼워진다.

인생도, 일도
자동차와 같다

인생도, 일도 자동차와 같다.

막히면 멈췄다 가고,
문제가 있으면 정비한 다음
가면 된다.

이를 잊을 때
문제가 발생한다는 것을 잊지 말라.

성장을 방해하는 것은
모두 버려라

만일
변화에 대한 두려움이 있다면
그 두려움을 버려라.

게으르다면
게으름의 습관을 버리고,
미룬다면
미룸의 습관을 버려라.

자신의 성장을 방해하는 것은
그것이 무엇이든 다 버려라.

가끔은 자신을
점검하라

가끔 자문하라.
'지금 나는 정당한 노력을 하고 있는가?'
자신이 자신을 검열할 필요가 있다. 자신이 잘못된 길을 가고 있다면 즉시 그 길에서 빠져나와야 한다.
머뭇거리다간 인생의 깊은 수렁에서 헤어나지 못하고, 영영 어둠의 자식이 되어 슬피 우는 고통을 얻게 될 것이다.

향기로운
사람꽃

친절한 사람은

향기로운 사람꽃이다.

그래서 그 주변에는

늘 맑고 상쾌한

사람 향기가 은은히 퍼져 오른다.

머리가 녹슬지
않게 하라

머리도

쓰지 않으면 녹이 슨다.

머리가 둔해지는 게 그 증거다.

생각의 윤활유로

매 순간 방청하여

총명한 머리를 유지하라.

● 방청(防錆): 금속의 표면이 녹이 스는 것을 막음.

마음이
가난한 사람

● 마음이 맑고 깨끗하면

마음이 가난해진다.

그래서 마음이 가난한 사람은

잘못된 길 위에 서지 않고, 교만하지 않고,

정도에서 벗어나지 않는다.

채움의 법칙

머리와 마음에서

불필요한 생각들을

날마다 비워내라.

말끔히 비워야

새것들을 채울 수 있다.

욕망을
지배하는자

욕망을 꿈꾸는 자는

욕망의 노예가 되지만,

욕망을 지배하는 자는

자신이 원하는 것을 얻는다.

한송이 꽃도
존재 이유가 있다

한 송이 꽃도

존재 이유가 있다.

그 존재 이유를

인간이라는 이름으로 묵살할 수 없다.

꽃에게도 예의를 지켜야 한다.

Chapter 2

신념과 믿음과
마음을 단단하게
해주는 문장들

영광이 가슴 벅찬 까닭은
고통 끝에 이뤄냈기 때문이다.

인생의 승리자

인생의 승리자는
무엇인가를 꾸준히 해내는 사람이다.

꾸준히 하다 보면
좋은 결과를 낳는 법이다.

반면, 인생의 실패자는
생각만 하고 실행하지 않는다.

그러고는 자신은 불행하다고 말한다.

이처럼 인생의 승리자와 실패자는
실행하느냐 여부에 따라 결정된다.

자신만의 꽃을
피우는 법

거친 비바람을 이겨낸 꽃이 더 아름다운 까닭은 흔들리면서도 쓰러지지 않고 온몸으로 자신을 지켜냈기 때문이다.

모든 이치는 이와 같으니, 흔들림을 두려워하지 말라. 흔들림을 이겨내는 자만이 자신만의 꽃을 피우는 법이다.

*

아무리 힘들고 어려워도
도망치지 않기

지금 아무리
힘들고 어려워도 도망치지 말라.

과거가 아무리 화려하고
좋았다고 해도 집착하지 말라.

과거는 이미 흘러간 시간,
지금 무엇을 하느냐가 중요하다.

지금을 열심히 사는 것,
그것이 자신을 위한 최선의 비책이다.

운명에 지배받지 말고
운명을 지배하라

운명을 이기는 자는
원하는 인생을 살고,

운명에 지는 자는
운명의 지배를 받는다.

절대
운명에 무릎 꿇지 말라.

운명을 지배하고
인생의 찬란한 빛을 발하라.

자신을 믿고
자신에게 의지하라

자신이 원하는 것을 이루고

가치 있는 인생을 만들고 싶다면,

강한 자신감을 길러

자신을 믿고 자신에게 의지하라.

고통 없는
영광은 없다

영광이 가슴 벅찬 까닭은
고통 끝에 이뤄냈기 때문이다.

고통 없는 영광은 어디에도 없다.

영광을 누리고 싶다면
그 어떤 고통도 인내하고 극복하라.

곤란의 의미

곤란은 자신의 부족함을

깨치게 하는 삶의 스승이다.

곤란을 겪게 될 때

자신을 똑바로 바라보라.

● 곤란(困難): 사정이 몹시 딱하고 어려움. 또는 그런 일.

단단한 삶을
산다는 것은

한지처럼 부드럽고

탄탄한 삶을 살아야 한다.

알차고 속이 꽉 찬

한지 같은 사람이 되라.

당신의 인생은 오직
당신 것이다

인간은 유한한 존재지만 노력 여하에 따라 무한한 잠재력을 터트릴 수 있는 창의적인 존재이다. 당신이 진정으로 자신을 사랑한다면 어떤 문제 앞에 놓이게 될지라도 절대로 실망하거나 좌절해서는 안 된다.

인생을 살아가다 보면 생각한 대로 되는 일보다 안되는 일이 더 많다. 하지만 그렇다고 해서 손 놓고 넋 나간 것처럼 있을 수 없는 게 인생이다.

당신에게 주어진 인생은 오직 당신 것이다. 하나뿐인 소중한 당신을 위해 문제를 해결하고 반드시 승리자가 되라.

힘들어도 내 인생,
슬퍼도 내 인생이다

힘들어도 내 인생, 슬퍼도 내 인생이다. 누가 대신 내 인생을 살아주지 않는다. 힘들어도 가야 하는 게 인생이다. 그렇다면 눈물을 두려워하지 말라. 눈물을 흘리면서 끝까지 버티고 나가야 한다. 그러는 가운데 물질이 주지 못하는 인생의 가치를 선물받게 되고, 때에 따라서는 물질도 따라온다.

눈물로 더욱 단단하게 단련해야 한다. 그것이 눈물을 이기는 최선의 방법이며 자신의 인생을 가치 있게 만드는 최상의 지혜인 것이다.

원하는 것을
쉽게 쥐려 하지 말라

이 세상에
그 어떤 것도 쉬운 일은 없다.

그런데 쉽게
자신이 원하는 것을 손에 쥐려고 한다.

그러다 보니
조금만 힘들어도 포기를 하고 만다.

모든 일엔 다 때가 있는 법이다.

그때를 위해 끝까지 포기하지 않는다면
반드시 좋은 결과를 얻게 될 것이다.

인생을
체인지업(change up) 하라

● 기회를 얻기 위해서는 때를 놓치면 안 된다. 그러면 어
● 떻게 해야 때를 잡을 수 있을까. 그 방법에 대해 윌리
엄 셰익스피어는 이렇게 말했다.

"기회가 없다고 하는 것은 의지가 약한 사람의 구실에
불과하다."

기회가 없다고 하는 것은 삶에 대한 모독이다. 기회는
언제나 자신 곁에 있다. 다만 그것을 잡지 못하는 것은
자신이 부족하기 때문이다. 좋은 기회는 셰익스피어
말처럼 의지를 갖고 열심히 하는 가운데 오는 것이다.

절벽 앞에서

살다 보면
수천 길 까마득한 절벽 앞에
서 있는 듯한
막연함을 마주할 때가 있다.

가고 싶어도 더는 갈 수 없는
캄캄한 절망의 낭떠러지!

그러나 갈 수 없을 것 같은
절망의 절벽을 넘는 길은 있다.

그것은 절대 뒤돌아서지 않고
끝까지 맞서는 것이다.

인생의 연금술

인생은 고난과 즐거움 속에서
더욱 알차게 영글어간다.

고난은 인생을 단단하게
연마시키는 '인생의 연금술'이다.

즐거움은 인생의 기쁨을
누리게 하는 인생의 축복이다.

고난과 즐거움이 함께할 때
인생의 깊이는 그만큼 더 깊어진다.

도전 아닌 것은 없다

세상살이에서 크든 작든 도전 아닌 것은 없다. 모두가 도전이고, 모든 결과물은 도전에서 왔다. 도전하지 않으면 그 어떤 것도 얻을 수 없다.

물론 도전하는 데는 많은 용기와 결단이 필요하다. 특히 새로운 분야에 도전할 땐 두려움이 밤안개처럼 엄습한다. 이 두려움의 안개를 걷어내지 못한다면 도전의 달콤함을 즐길 수 없다. 그런 까닭에 새로운 도전을 위해서는 담대해야 한다. 그 담대함이 곧 도전을 성공으로 이끌어줄 것이다.

시련과 고통의
참의미

시련과 고통을

축복의 선물로 여기면

인생의 더없는 기쁨이 되지만,

저주로 여기면

단지 고통의 늪이 될 뿐이다.

빛나는 인생

아픔을 두려워하지 말라.

아픔을 아픔으로만 받아들이면
아픔이 되지만,

아픔을 행복을 여는
행복의 전주곡으로 여기면
아픔은 행복의 씨앗이 된다.

빛나는 인생은 아픔을 딛고 일어섰기에
더욱 빛을 발하는 것이다.

Chapter 3

이상과 용기를
길러주는
지혜의 문장들

범사에 헤아려 좋은 것을 취하고
악은 어떤 모양이라도 버려라.

지혜로운 자와
어리석은 자

지혜로운 자는
책에서 위로받고
지혜를 구하려 한다.

하지만 어리석은 자는
술에 위로받으려 한다.

물론 술도 하나의 방도일 수 있지만
어디까지나 일순간에 불과하다.

책에서 지혜를 구하는 자가
진정으로 현명한 사람이다.

자기 능력에
솔직하기

남에게 자기 능력 이상을 보여주려고 굳이 애쓸 필요
는 없다. 그것은 자신의 약점이 될 수도 있는 일이다.
자신의 능력이 못 미치는 일에 대해서는 솔직하게 말
하는 것이 좋다. 이는 사람들에게 좋은 인상을 줄 기회
가 될 것이다.
솔직하다는 것은 누구에게나 믿음을 주는 가장 바람
직한 자세이다.

삶은 그 자체가
깨달음이다

깨달음은 순간순간 오기도 하고,

잘 숙성된 김치처럼
오래 생각한 끝에 오기도 한다.

삶은 그 자체가 깨달음이며
그래서 깨달음은 언제나 시작이다.

그 깨달음을 통해
삶은 아름답고 행복하게 전개되는 것이다.

● 숙성(熟成): 효소나 미생물의 작용에 의하여 발효된 것이 잘 익음.

단 한 번뿐인
라이프 다이어리

● 가치 있는 인생은 가치 있는 노력에서 오는 것이다.

💬 동서고금의 위인들이 사람들에게 감동을 주고 존경을 받을 수 있는 것은 가치 있는 삶을 위해 살았기 때문이다. 그렇다고 해서 누구나 위인들과 똑같은 인생을 살아야 한다는 것은 아니다. 적어도 자신에게 부끄럽지 않은 인생을 살라는 말이다.

인생은 누구에게나 단 한 번만 쓸 수 있는 '라이프 다이어리'이기 때문이다.

● 동서고금(東西古今): 동양과 서양, 옛날과 지금을 통틀어 이르는 말.

원칙이 있는 삶

내가 아무리 애쓰고 노력해도 안되는 일이 있고, 뜻밖의 환희가 기쁨을 몰고 오기도 한다. 하지만 분명한 것은 여기엔 '삶의 원칙'이 있다는 사실이다.

아무렇게나 사는 사람들에게는 아무렇게나 사는 인생으로 끝나게 놔둔다. 하지만 가치 있는 삶을 살려고 하는 사람들에게는 반드시 그들이 원하는 길을 가게 한다.

이 사실을 절대로 망각하지 말라. 망각하고 제 멋대로 하는 순간 자신의 모든 삶은 물거품이 되고 말 것이다.

성인과 범인

자신의 욕망, 바람에서 벗어나면 넉넉한 마음으로 살아가게 된다. 그러나 욕망과 바람에 매이게 되면 졸렬하고 편협한 마음으로 살아가게 된다.

성인으로 불리는 이들은 자신의 욕망에서 벗어남으로써, 그 어느 것에도 구속되지 않고 충만한 삶을 살 수 있었다.

그러나 범인들은 그렇지 못하다. 작은 것에 연연해하고 미련을 버리지 못한다. 또한 무엇이든 손에 쥐려고만 한다. 그래서 늘 자신을 불행하다고 여기는 것이다.

● 성인(聖人): 지혜와 덕이 매우 뛰어나 길이 우러러 본받을 만한 사람.
● 범인(凡人): 평범한 사람.

선행은 선행을 부르고,
악행은 악행을 부른다

'범사에 헤아려 좋은 것을 취하고 악은 어떤 모양이라도 버려라.'

이는 신약성경 데살로니가 전서(5장 21~22절) 말씀이다. 이 말씀을 보면 매사에 좋은 것은 취하고, 악은 그 어떠한 것일지라도 행하지 말라고 강조한다.

선행은 많이 행할수록 좋다. 선행은 아름다움이며 덕이다. 하지만 악은 행할수록 죄의 무게만 늘어간다. 악행은 추악한 죄다.

선행은 선행을 부르고 악행은 악행을 부른다. 선행은 참이요 악행은 거짓이다. 그러니 언제나 참인 선을 행하도록 힘써야 한다.

좋은 시간과
나쁜 시간

인생에서 좋은 시간은 금과 같고, 나쁜 시간은 녹슨 칼과 같다. 금은 누구나 원하는 것이며, 삶을 풍요롭게 한다. 금은 많으면 많을수록 좋다. 하지만 녹슨 칼은 무뎌 나무를 자를 수도 없으니, 그저 무용지물일 뿐이다.

독서하고, 자아를 계발하고, 새로운 경험을 쌓는 등의 좋은 시간은 인생을 풍요롭게 하는 귀한 보석과 같다. 하지만 시간을 낭비하고, 쓸데없는 것에 빠져 시간을 보내는 등의 나쁜 시간은 인생을 퇴락시킨다. 같은 시간도 잘 쓰면 좋은 시간이 되지만, 잘못 쓰면 나쁜 시간이 된다.

겉을 보지 말고
깊이 보라

'항아리를 보지 말고, 속에 들어 있는 것을 보라.'

이는《탈무드》에 나오는 말로, 사물을 깊이 보라는 얘기다. 매사를 깊이 보면 좀 더 여유로운 인생, 좀 더 나은 인생살이가 가능해진다.

왜 그럴까. 성찰에서 오는 삶의 깊이를 체득함으로써 자신의 인생을 가치 있게 살고자 하기 때문이다. 하지만 매사를 건성건성 살면 남에게 늘 뒤처질뿐더러 부정적인 삶을 살게 된다.

깊이 보는 자세, 깊이 생각하는 자세는 인생을 확연히 발전시키는 견인차가 되어줄 것이다.

강물 같은 사람

강물은 제 품으로
밤하늘에
빛나는 별들을 받아 빛나게 한다.

또한 구름이 별을 가리면
강물은 그 구름까지도 제 물결에 담아낸다.

강물이 아름다운 것은
모든 것을 품어주기 때문이다.

그 모두를 품어주고 품어가는 강물,
강물 같은 사람이 되라.

희망이 찾아오도록
준비하라

희망을 버리지 않는 자에게
희망은 언제든지 찾아온다.

다만 희망이 찾아올 수 있도록,
희망을 맞을 수 있도록 준비가 필요하다.

준비하지 않는 자에게
희망은 문을 두드리지 않는다.

자신을 기다리지도 않는 사람을
찾아가지 않는 것처럼 희망 또한 그러하다.

따뜻한
한마디의 말

살아가기가
그 어느 때보다도 힘든 시대이다.

될 수 있는 한 좋은 말로
용기를 주고 격려해주어라.

따뜻한 한마디의 말은
때론 천금을 주는 것보다도
큰 용기와 희망이 된다.

물론 자신에게도
매우 긍정적으로 작용함으로써
자신을 스스로 돕는 일이 된다.

● 천금(千金): 많은 돈을 비유적으로 이르는 말.

누군가를 기쁘게
한다는 것

누군가를 기쁘게 한다는 것은 마음의 여유가 없으면
할 수 없는 일이다. 국민소득은 높아졌다고 하나 삶은
점점 팍팍해지고 있다. 사는 것이 그만큼 고달프기 때
문이다.

이럴 때일수록 서로가 서로에게 위안이 되어주어야
한다. 가장 사랑스러운 말로 축복해주고, 가장 멋진 말
로 격려해주고, 가장 생기 있는 말로 용기를 주고, 가
장 품격 있는 말로 희망을 주고, 가장 아름다운 눈으로
바라보아야 한다.

누군가를 기쁘게 한다는 것은 자신을 축복되게 하는
일이다.

인생의 빛과
한 잔의 물

인생의 어두운 골목에서 헤맬 때 스승은 한 줄기 빛이 되어준다. 또한 무더운 날 갈증 날 때 마시는 시원한 한 잔의 물이 되어준다.

인생의 빛이며 한 잔의 물과 같은 스승을 곁에 모셔라. 인생이라는 바다에서 표류할 때, 시련이라는 함정에 빠져 슬피 울 때 스승이 곁에 있다면 너끈히 제 길로 찾아들고 함정에서 빠져나올 수 있다.

스승은 인생의 내비게이션이다.

● 표류(漂流): 물 위에 떠서 정처 없이 흘러감.

뿌리가
튼튼한나무

뿌리가 튼튼한 나무는 강풍에도 절대 뽑히지 않으나,
뿌리가 약한 나무는 미풍에도 쉬 뽑히고 만다.

사람의 마음 또한 이와 같다. 의지가 탄탄하고 굳세면
최악의 상황에서도 흔들리지 않으나, 의지가 약하면
조금만 힘들어도 쉽게 흔들리어 쓰러지고 만다.

의지는 마음의 뿌리이다. 마음의 뿌리가 튼튼해야 그
어떤 어려움도 극복할 수 있다.

상대의
장점을 보라

좋은 인간관계를 이어가기 위해서는 상대의 장점을 보아야 한다. 누구나 자신의 좋은 점을 봐줄 때 그 사람에 대해 호감을 갖고 대한다.

상대의 장점만 보는 사람은 누구에게나 좋은 이미지를 심어준다. 그래서 이런 인물 주변엔 창조적이고 생산적인 마인드를 가진 좋은 사람이 많다.

인생의 굴레에
갇히지 않는 법

인생이란 수많은 과정을 거치면서 성숙해짐은 물론 자신이 원하는 길을 가게 되는 것이다. 인생을 살아가는 동안 그 어떤 일을 만나더라도 그것은 자신이 마땅히 거쳐야 할 과정이라고 생각하라. 그러면 그 어떤 어려운 일을 맞닥뜨리게 되더라도 두려움 없이 그 일을 헤쳐 나아가게 될 것이다.

그러나 그것을 피하려고 한다면 인생의 굴레에 갇히게 됨으로써 자신의 인생을 스스로 옭아매게 된다. 이를 마음에 새기고 인생의 굴레에 갇히지 말라.

● 굴레: 말이나 소 따위를 부리기 위하여 머리와 목에서 고삐에 걸쳐 얽어매는 줄로, 부자연스럽게 얽매이는 일을 비유적으로 이르는 말.

꽉 찬 수레 같은
사람

수레에 짐이 가득하면
소리가 나지 않는다.

반면, 수레에 짐이 적으면
그만큼 소리도 커진다.

재능이 아무리 뛰어나다고 해도
나쁜 버릇이나 성격을 가지고 있으면
소리 나는 빈 수레와 같다.

재능이 뛰어난 데다
인품까지 좋으면 금상첨화다.

• 금상첨화(錦上添花): 비단 위에 꽃을 더한다는 뜻으로, 좋은 일 위에 또 좋은 일이 더하여
짐을 비유적으로 이르는 말.

참된 인생을
사는법

● 참된 인생을 살기 위해서는 슬픔과 고난을 겪기도 하
💬 고, 시련과 고통 속에서 눈물을 흘리기도 하면서 인생
의 참된 가치를 깨우쳐야 한다. 참된 기쁨과 행복과 즐
거움도 그때 온다.

인생의 단맛에 길든 사람은 인생의 참된 기쁨과 참된
인생이 무엇인지를 잘 알지 못한다. 그러나 자신을 저
주하고 싶을 만큼 인생의 쓴맛을 본 사람은 인생의 단
맛을 위해 자신에게 주어진, 그 어떤 고난과 역경과 슬
픔을 두려워하지 않고 극복하기 위해 최선을 다한다.

생각 플러그를 'Yes' 코드에 꽂아라

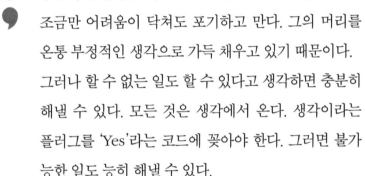

부정적인 생각을 지닌 사람은 충분히 할 수 있는 것도 조금만 어려움이 닥쳐도 포기하고 만다. 그의 머리를 온통 부정적인 생각으로 가득 채우고 있기 때문이다. 그러나 할 수 없는 일도 할 수 있다고 생각하면 충분히 해낼 수 있다. 모든 것은 생각에서 온다. 생각이라는 플러그를 'Yes'라는 코드에 꽂아야 한다. 그러면 불가 능한 일도 능히 해낼 수 있다.

현자와
무지한자

현자는 자신에게 엄격하지만, 무지한 자는 자신에게 관대하다. 또한 현자는 언제나 자신의 처지에 만족하며 남들을 비난하지 않는다. 하지만 무지한 자는 자신의 처지를 비관하고 늘 남 탓을 한다.

이것이 현자와 무지한 자의 차이이다. 자신에게 엄격한 사람은 모든 것을 자신의 탓으로 여겨 그만큼 실수를 줄이게 되고 현명한 길을 가는 것이다.

자신에게 엄격하고 타인에겐 관대하라.

● 현자(賢者): 어질고 총명하여 성인에 다음가는 사람으로, 현인(賢人)이라고도 한다.

절제의 미덕

● 인내하라.

인내는 절제의 미덕이며,

자기 구현의 원동력이다.

● 구현(具現): 어떤 내용이 구체적인 사실로 나타나게 함.

삶을 깊어지게 하라

인생의 기쁨과

행복을 누리고 싶다면

삶을 깊어지게 하라.

깊어지는 삶은

새로운 나를 사는 것이다.

어둠의 장벽

 쓸데없는 오해는

인간관계를 무너뜨리는

어둠의 장벽과 같다.

아름다운
삶의 기술

세상을 지혜롭게 살기 위해서는
'용서'라는 아름다운 삶의 기술을
반드시 배워야 한다.

용서는
아름다운 사랑이다.

흙

● 흙은 진실의 표상이며,
💧

무변광대한 자연의 스승이다.

흙에 배워라.

● 무변광대(無邊廣大): 넓고 커서 끝이 없음. 광대무변(廣大無邊)이라고도 한다.

눈(目)

맑고 고운 것을 보면
맑고 고운 마음이 되지만,
더럽고 추잡한 것을 보면
더럽고 추잡한 마음이 된다.

눈으로 무엇을 보느냐에 따라
우리의 마음도 그대로 따라간다.

마음이 추해지지 않으려면
맑고 곱고 아름다운 것을 바라보라.

맑은 마음이 곧 하늘의 마음인 것이다.

생각의 주인

모든 것은 생각의 차이에서 결정된다. 할 수 있다고 생각하면 할 수 있고, 할 수 없다고 생각하면 할 수 없다. 역사는 그것을 우리에게 똑똑히 보여주었다.

행복도, 불행도 결국은 백지 한 장의 생각 차이에서 오는 것일 뿐이다.

당신 또한 원하는 인생을 살고 싶을 것이다. 그렇다면 당신 생각의 주인이 되어야 한다.

한그릇의 밥

● 한 그릇의
,
밥은

종교보다 거룩하고

생리적 본능보다 우월하다.

감사하며
산다는 것

감사하며 산다는 것은
자기 인생에 대한 예의이다.

감사하며 산다는 것은
그만큼 인생을 잘 산다는 방증이기 때문이다.

자신의 인생에
늘 감사하며 사는 당신이 되라.

● 방증(傍證): 사실을 직접 증명할 증거가 되지는 않지만, 주변 상황을 밝힘으로써 간접적
으로 증명에 도움을 줌. 또는 그 증거.

품격

돈 자체가

그 사람의 품격을

높여주는 것은 아니다.

품격은

인격으로 높이는 것이다.

넘침의 유혹에서
자유로워진다는 것은

넘침의 유혹에서
자유로워지려면
자기 자신을 이겨내야 한다.

자기 자신을 이겨내는 사람은
절대로 과한 행동을 하거나
분수에 어긋나는 짓을 하지 않는다.

인생의 바이블

경험을 통해 얻은 배움은

생생하게 살아 있는

'인생의 바이블'이라고 할 수 있다.

● 바이블(bible): 어떤 분야에서 지침이 될 만큼 권위가 있는 책.

기도의 힘

기도는
불안한 마음을 잠재우게 하고
마음의 여유를 찾아주는 비법이다.

기도는
종교인들만의 전유물이 아니다.

기도는
누구나 할 수 있고,
기도함으로써
불안한 마음을 치유할 수 있다.

● 전유물(專有物): 한 사람이나 특정한 부류만 소유하거나 누리는 물건.

삶의 마시멜로

인연은
참 소중한 인간관계의 맺음이다.

인연은
'인생의 보석'과도 같다.

인연은
'삶의 마시멜로'이다.

기분 좋게 말하기

말 한마디에
삶이 일어났다, 주저앉는다.

그런 까닭에
기분 좋은 말을
한다는 것은 아주 중요하다.

좋은 말 속엔
사람을 기분 좋게 하는
에너지가 숨 쉬고 있다.

자신만의 별

별 하나 없는 밤하늘을 본다. 마치 어둠 속에 갇힌 듯 숨이 막힌다. 별을 볼 수 없는 밤하늘은 더 이상이 밤하늘이 아니다. 그것은 암흑천지일 뿐이다.

마찬가지로 꿈과 사랑, 희망이라는 별을 품지 않은 가슴은 비감하고 쓸쓸하다. 자신만의 별을 품고 살라. 별을 품고 사는 사람은 보석보다 아름답다.

● 비감(悲感): 슬픈 느낌. 또는 그런 느낌이 있음.

서로를
믿는다는 것은

서로를 믿는 것처럼

아름다운 일은 없다.

믿음은

자신을 내어주는

고귀한 행위이기 때문이다.

세상의 이치

'밝음'은 '어둠'을 통해

더욱 밝게 빛나듯

'옳음'은 '그름'을 통해

더욱 옳게 드러난다.

이렇듯 세상의 이치는

정반의 대치를 통해

'본질의 빛'을 더욱 밝힌다.

● 정반(正反): 한 치의 오차도 없이 서로 상반됨.

독서의 진미

책을 읽고,

읽은 대로 행동에 옮기는 것이야말로

독서의 진미라고 할 수 있다.

읽은 것을 실천에 옮길 때

독서의 가치는 더욱 진가를 발한다.

● 진미(眞味): 참된 맛을 뜻함.

정신적 부산물인
집착 버리기

비우는 자만이

채움의 진정한 기쁨을 안다.

'비움'은 곧 '채움'이다.

집착은 쓸데없는 정신적 부산물과 같다.

무슨 일이든 최선을 다하되

자신을 옭아매는 집착을 버려라.

● 부산물(副産物): 어떤 일을 할 때에 부수적으로 생기는 일이나 현상.

진실을 이길
비법은 없다

진실을 이길 비법은 없다.

진실, 그 자체가

가장 확실한 비법이다.

신성한 생활력

일을 신성한 종교처럼 대한다면
그 어떤 일도 감사해하며
소중히 여기게 될 것이다.

일은 창조주께서 부여한
생활의 근본이 되기 때문이다.

자신이 하는 일을 사랑하라.

일은 당신을 배반하지 않고
원하는 것으로 채워줄 것이다.

사람 사이에 벽을
만들지 않는 사람

자신을 스스로 낮추는 자는 높아지고
자신을 스스로 높이는 자는 낮아진다는
이 진리를 마음에 새겨 실천하라.

몸을 낮추는 겸허한 사람,
누구나 이런 인물을 좋아하고 존경한다.

그런 이에게는 '벽'이 없기 때문이다.

사람과 사람 사이에 벽을 만들지 않는 사람,
그런 인물이 되라.

하루아침에 원하는 것을
이룰 수 없다

터를 파고 콘크리트를 치고 철 구조물로 틀을 짜 벽돌을 쌓아 올린다. 이런 과정을 거치지 않으면 절대로 빌딩을 짓지 못한다.

이 세상에 존재하는 것은 무엇이든 과정이 있는 법이다. 로마는 하루아침에 이루어지지 않았듯 꿈 또한 그렇다.

하루아침에 원하는 것을 이룰 수 없다. 차근차근 온 힘을 쏟을 때 비로소 꿈의 빌딩을 완성할 수 있다.

모든 것은
하나에서 시작된다

그 어떤 일도
한 번에 이룰 수는 없다.

작은 것부터
하나하나 진중하게 시작해야 한다.

열정과 정성을 다하다 보면
어느샌가 바라는 것을 이루게 된다.

모든 것은 하나에서
시작된다는 사실을 잊지 말라.

가장 무서운 적

이 세상에서
가장 무서운 적은 바로 자기 자신이다.

자신을 이길 수 있다면
그 어떤 것도 충분히 해낼 수 있다.

자신을 이기는 습관을 길러라.

자신을 이기는 사람만이
자신이 원하는 것을 얻을 수 있다.

생이 깊어질수록
해야할 것

● 생이 깊어질수록
💬 자신에게 부끄러움이 없어야 한다.

부끄러움이 있다면
인생을 잘못 살았다는 방증이다.

자신에게도 타인에게도 사회에도
떳떳하고 자긍심을 가질 수 있도록 하는 것,

그것이야말로
깊어지는 생에 해야 할 것이다.

자신만의
철학 갖기

뿌리가 견고한 나무는
강력한 태풍에도 쓰러지지 않는다.

마찬가지로
자신만의 철학을 가진 사람은
견고한 정신적 뿌리로
그 어떤 시련에도 동요하지 않는다.

자신만의 철학을 정립하라.

그것이 자신의 인생을
튼튼하게 하는 최선의 비결이다.

매사에 감사하라

감사를 잘 표하는 사람이
잘된다는 말이 있다.

감사를 잘 표하는 사람은
매사에 긍정적이고 친절하다.

무엇에든 적극적이니,
어떻게 안될 수 있을까.

일마다 잘되고 행복해지고 싶다면
매사에 감사하면서 즐겁게 살라.

거울과 같은 존재

타인은
자신의 거울과 같은 존재이다.

타인이 하는 것 중 자신에게
유익이 될 수 있는 것은 다 배워야 한다.

특히 성공적인 인생을 살았던
사람들은 훌륭한 인생 교과서이다.

그들의 경험이
자신에게 훌륭한 삶의 지표가 됨을
가슴에 새겨 실행할 때
자신이 원하는 삶을 실현할 수 있다.

● 지표(指標): 방향이나 목적, 기준 따위를 나타내는 표지.

어떤 생각의 눈으로
보느냐가 중요하다

꽃을 보듯 사랑하는 이를 보면 그이는 꽃보다 더 향기롭게 다가오고, 별을 보듯 사랑하는 이를 보면 그이는 별보다 더 빛나게 다가오고, 나무를 보듯 사랑하는 이를 보면 그이는 나무보다 더 듬직하게 다가온다.

사랑하는 사람도 어떤 생각의 눈으로 보느냐에 따라 각기 다르게 다가오듯, 세상의 모든 일 또한 어떤 생각의 눈으로 보느냐에 따라 달라진다. 자기 가슴에 별이 되기도 하고 매서운 비바람이 되기도 하는 것이다.

말의 무덤에
갇히지 않기

말(言)의 무덤에
갇히는 사람들은 말로 인해서다.

그들은 자신이 말의 무덤에
갇히리라는 걸 전혀 의식하지 못한다.

그들은 고장난 수도꼭지처럼
쉴 새 없이 거친 말을 쏟아낸다.

그들의 뛰어난 능력 또한
말의 무덤에 갇힌 채
인생의 무대에서 영영 사라지고 만다.

Chapter 4

어휘력과 문해력을
길러주는 사색의
인생 문장들

생각하는 대로 살면 생각한 대로 살고,
사는 대로 살면 산 대로 생각하게 된다.

무위와 인위

노자의 무위 사상은 인위를 가하지 않는 무위자연, 즉 꾸미지 않은 자연 그대로의 삶을 말한다. 무위가 고도화된 현대사회에 어울리지 않는 것처럼 여겨지지만, 오히려 지금 더 필요한 사상이다.

오늘날, 지나친 탐욕 때문에 인위는 그 필요의 정당성을 잃고 단지 인간의 탐욕을 채우는 수단으로 전락했다. 인위는 인간의 삶을 긍정적으로 발전시킬 때 가치를 지닌다.

무위를 따르되, 필요에 따라 탐욕이 배제된 인위를 적용해야 한다. 그래야 나와 너, 우리가 모두 아름답고 행복한 삶을 살 수 있다.

● 무위(無爲): 자연에 따라 행하고 인위를 가하지 않는 것.
● 인위(人爲): 자연의 힘이 아닌 사람의 힘으로 이루어지는 일.
● 무위자연(無爲自然): 노자의 핵심 사상으로, '사람의 힘을 더하지 않은 그대로의 자연 또는 그런 이상적인 경지'를 뜻한다.

겸허함이 주는
지혜

노자는 말했다.

'까치발을 들고 서 있는 사람은 오래 서 있을 수가 없다. 자기의 실력을 생각지 않고 자랑하고 무례해서는 안 된다. 공이 있다고 자랑하지 말아야 한다. 그 때문에 도리어 빛이 바랜다. 또한 자신의 재능을 너무 믿어서는 안 된다. 마음이 나태하고 노력이 부족해서 실패하기 쉽기 때문이다.'

자신의 공을 드러내려고 우쭐하지 말라. 자기 재능을 너무 과신하지 말라. 겸허한 사람은 가만히 있어도 주변에서 높이 칭찬하고 알리게 마련이다. 겸허함 또한 인생을 슬기롭게 사는 지혜다.

단 하나뿐인
학교

영국 빅토리아 시대의 계관시인 알프레드 테니슨은 "모든 인생은 하나의 학교이며, 하나의 준비이고, 하나의 목적이다"라고 말했다.

각자의 인생은, 저마다 꿈을 키우고 스스로 짠 프로그램에 맞춰 배우고 익히는 단 하나뿐인 학교다. 원하는 삶을 살려면 철저하게 자신만의 방식대로 배우고 익혀야 한다. 그 과정에서 어려운 일도 겪고 좌절할 때도 있겠지만, 그럴 때마다 인내와 열정으로 버텨라.

좀 더 행복해지고 싶은가? 그렇다면 나만의 인생 학교를 우수한 성적으로 밟아 나아가라.

사람 냄새가
나는 사람

● 매사에 이해타산적인 사람들이 있다. 그런 이들은 아
● 무리 부와 지위를 지녔다고 해도 가까이하기가 꺼려
진다. 사람 냄새가 나지 않기 때문이다.

반면, 가난하고 지위가 낮을지라도 사람 냄새가 나는
사람은 친근감이 들어 그와 함께하는 것만으로도 마
음이 푸근해진다. 사람 냄새가 난다는 것은 그만큼 순
수하다는 뜻일 테니까.

순수성을 잃지 말라. 순수성 상실은 사람다움을 잃어
버리는 것과 같아 자신에게도 남에게도 삭막한 삶을
살게 할 뿐이다.

● 이해타산(利害打算): 이해관계를 이모저모 모두 따져 봄. 또는 그런 일.

버림으로써 채우다

오랜만에 집 안 구석구석을 대청소한다. 널브러진 책들을 가지런히 정돈한다. 재활용품과 쓰레기를 분리수거한다. 불필요한 것들을 말끔히 정리하고 나자 몸과 마음이 새털처럼 가벼워진다.

이처럼 묵은 생각, 쓸데없는 생각은 말끔히 비워내야 한다. 비워야 할 때 비우지 못하면 몸도 마음도 무거워져 삶이 망가진다.

비운다는 것은 버리는 게 아니라 버림으로써 새로운 걸 채우는 것이다.

인간관계
정리의 필요성

이기적인 사람, 비도덕적이고 비양심적인 사람, 탐욕으로 가득 찬 사람, 배려할 줄 모르는 사람, 책임감 없는 사람, 약속을 헌신짝처럼 여기는 사람, 신뢰가 가지 않는 사람 등은 깨끗하게 관계를 정리하는 게 좋다.

늘 한결같은 사람, 도덕적이고 양심적인 사람, 배려할 줄 아는 사람, 약속을 잘 지키고 책임감이 강한 사람, 신뢰가 가는 사람 등과는 오래도록 관계를 이어가도록 해야 한다.

알곡 같은 사람은 곁에 두고, 쭉정이 같은 사람은 반드시 정리하라. 이것이야말로 인생을 창의적이고 생산적으로 만드는 비결이다.

● 알곡: 쭉정이나 잡것이 섞이지 아니한 곡식.
● 쭉정이: 껍질만 있고 속에 알맹이가 들지 아니한 곡식이나 과일 따위의 열매.

*

자신의 소리를
갖는다는 것

비 오는 날 세상은
오케스트라 무대가 된다.

빗방울이 닿는 것마다 그것이 무엇이든
저마다의 소리로 연주하면
자연이 내는 처연하도록 장엄한 선율에
듣는 귀들은 아득히 젖어든다.

빗방울이 닿는 것마다
저마다의 소리가 모두 다르듯
자신의 소리를 가져야 한다.

그것은 자기 실존에 대한 확신이다.

완전한 인간보다
진실한 인간이 되라

완전함을 추구하는 인간은

오만함에 빠지기 십상이다.

어떻게 인간이 완전할 수 있을까.

불완전하니까 인간이다.

완전한 인간보다는

진실한 인간이 되어야 한다.

바라봐도 좋을 것만
바라보라

무엇을 바라보느냐에 따라
그 사람의 가치가 달라진다.

진실을 바라보면
진실의 가치가 붙고,

거짓을 바라보면
거짓의 가치가 붙는다.

바라봐도 좋을 것만 바라보라.

겨울비, 쓸쓸하고
담백한

겨울비는 쓸쓸해 보이지만

그 쓸쓸함 속에는

마음이 맑아지는 담백함이 있다.

그 담백함을 느껴보라.

가슴이 충만해질 것이다.

잘 거두고 싶다면
잘 심으라

선을 행하면 선으로 돌아오고,
악을 행하면 악으로 돌아온다.

종두득두,
콩을 심으면 콩이 나듯
무엇이든 심은 대로 거두는 법이다.

좋은 결과를 얻고 싶다면
좋은 것으로 행해야 한다.

● 종두득두(種豆得豆): 콩을 심으면 반드시 콩이 나온다는 뜻으로, 원인에 따라 결과가 생김을 이르는 말.

생각한 대로 살기

생각하는 대로 살면 생각한 대로 살고,
사는 대로 살면 산 대로 생각하게 된다.

하루 종일 하는 생각이
자신을 만든다.

잘 살고 싶다면,
좋은 생각을 하고,
생각한 대로 행동하라.

이것이 잘되는 비결이다.

행함 없이는
그 어떤 결과도 없다

크든 작든 그 어떤 결과라 할지라도 시도함으로써 이룬 것이다. 아무리 기획이 좋고, 아이디어가 창의적이라고 해도 그것만으로는 결과를 낼 수 없다. 결과는 반드시 시도함으로써 이뤄내는 실천적 행위의 결실이기 때문이다.

'듣지 않는 것이 듣는 것만 못하고, 듣는 것이 보는 것만 못하고, 보는 것이 아는 것만 못하고, 아는 것이 행하는 것만 못하다.'

이는 순자의 말로, 행함의 중요성을 잘 알게 한다.

무슨 결과든 반드시 행함을 통해서만 이뤄낼 수 있는 것이다.

친절한 사람에겐
적이 없다

친절한 사람에겐 적이 없다. 그래서 친절한 사람은 어디를 가든 환영을 받는다. 친절한 사람은 누구에게든지 기쁨을 주고, 평안함을 주기 때문이다.

친절한 말 한마디, 친절한 행동 하나가 사람들의 마음을 움직이고 감동을 준다. 친절하게 하는 데는 돈이 들지 않는다. 단지 조금만 더 배려하고, 사랑하는 마음으로 사람을 대하면 된다. 물론 쉽지만은 않다.

그러나 그럼에도 친절하게 말하고 행동해야 한다. 그것은 곧 자신을 위하는 일이며, 자신의 가치를 높이는 일이기 때문이다. ·

빛나는 인생으로
거듭나는 법

탄탄히 준비한 연극 무대는 관객들에게 충만한 감동을 준다. 반대로, 준비가 제대로 안 된 연극 무대는 관객들에게 실망을 주고 결국 외면받는다.

인생도 마찬가지다. 품은 뜻을 성공적으로 펼치려면 그 준비에 소홀함이 없어야 한다. 그렇게 해야 빛나는 인생으로 거듭날 수 있다.

삶은 미래를 준비하는 자에게 기쁨을 선물한다는 사실을 잊지 말라.

책과 인생

책은 얼마든지 반복해서 읽을 수 있다. 그러나 인생은 반복해서 살 수 없다. 이것이 책과 인생의 차이점이다. 그런데 어떤 사람들은 인생을 다시 살 것처럼 생각하고 삶을 함부로 여긴다. 그것이 돌이킬 수 없는 참혹한 일이라는 걸 알지 못하기 때문이다.

그러나 슬기로운 사람은 인생이 단 한 번뿐이라는 걸 잘 안다. 그래서 최선의 인생이 되고자 자신에게 공을 들인다. 그리고 그 결과는 대개 만족스럽다.

걱정에 매이지 않기

인간은 언제나 문제를 안고 살아가는 존재이다. 가족 문제, 건강 문제, 돈 문제, 직장 문제, 연애 문제, 친구 문제 등 온갖 문제와 부딪히며 살아가고 있다. 늘 문제를 곁에 두고 사는 존재가 바로 우리 인간이다.

그런데 이런 문제들을 해결하지 못하면 걱정의 늪에 빠져 하나뿐인 인생을 허비하며 살아가게 된다.

행복의 방해꾼인 걱정을 지배하며 사는 인생이 되느냐, 걱정의 노예로 사는 인생이 되느냐는 오직 자신에게 달려 있다. 인생을 좀 더 즐겁고 의미 있게 살고 싶다면 행복을 방해하고 성공을 가로막는 걱정을 몰아내야 한다.

289

지성을 갖추기

지성의 유무에 따라 삶을 대처하는 방법에 큰 차이가
난다. 지성인은 같은 일을 겪어도 슬기롭게 판단하고
대비한다. 배움을 통해 나름대로 해결 방안을 터득했
기 때문이다. 하지만 지성을 갖추지 못한 사람은 우왕
좌왕하며 갈피를 잡지 못한다. 일을 해결하는 능력이
부족한 까닭이다.

"젊을 때 쌓은 지성은 노년기의 악을 미리 예방하는
것과 같다."

르네상스 시대의 화가이자 과학자인 레오나르도 다
빈치가 이와 같은 말을 남길 수 있었던 것은 그가 당대
최고의 지성을 갖추었기 때문이다.

배우고 익히는 일에 열중하여 지성을 갖춰라. 지성은
자신을 돋보이게 하는 인생의 보석이다.

허물이라는
거울

세상에 허물 없는 사람은 없다. 그런데도 어떤 이는 허물을 부끄러워하며 자꾸만 감추려 한다. 그러고는 완벽한 인물인 듯 허세를 부린다. 이는 자신을 스스로 용렬하게 하고 부끄럽게 하는 짓이다.

허물을 감추려고 하지 말라. 자신의 허물을 인정하되, 허물에 무뎌지는 일은 경계하라.

허물을 반면교사로 삼으라. 허물 또한 자신을 비추는 거울로 삼으면 지혜가 된다.

● 반면교사(反面教師): 사람이나 사물 따위의 부정적인 면에서 얻는 깨달음이나 가르침을 주는 대상을 이르는 말.

사람은 누구나
자기 인생의 조각가다

우리는 모두
자기 인생을 조각하는 조각가다.

어떻게 스케치하고
조각하느냐에 따라
최고의 조각품이 될 수도 있고,
최하의 조각품이 될 수도 있다.

이왕이면 최고의 조각품이 되어야 한다.

자신의 인생을
최고로 조각하는 인생의 조각가가 되라.

혹독한 겨울 뒤에도
꽃은 핀다

겨울이 아무리 춥고 혹독해도 봄은 어김없이 다가와 온 산천에 화사한 봄내음을 터트린다. 아무 생명도 존재할 것 같지 않은 대지가 따스한 온기로 들뜨고 만물이 화사한 자태로 새봄의 향연을 만끽한다. 이는 자연 세계에서만 일어나는 것이 아니다. 인간 세계에서도 일어나는 순리이며 삶의 과정이다.

살면서 좋은 일만 있으면 얼마나 좋을까. 삶엔 궂은날도 있고 맑은 날도 있고 비 오는 날도 있고 진눈깨비가 내리는 날도 있다. 궂은 날이나 비 오는 날엔 맑은 날이 기다려지고 가뭄이 들어 건조할 땐 비를 기다리는 것처럼 고통과 시련 속에서는 당장이라도 죽고 싶을 만큼 괴롭지만, 참고 견디며 나가다 보면 반드시 좋은 날이 온다.

● 향연(饗宴): 특별히 융숭하게 손님을 대접하는 잔치.

아픔도 인생의
손님이다

사랑하는 사람을 만나 꿈같은 시절을 보내고, 그이와 헤어지는 슬픔을 겪는다. 가슴 벅찬 기쁨과 살을 에는 고통을 마주하고, 온몸에 생채기가 나는 듯한 눈물을 흘리고, 세상 다 가진 듯한 감사한 일을 만난다. 이것이 누구나 겪는 인생이다.

아픔 역시 우리가 만나야만 하는 인생의 손님이다. 이 또한 피한다고 해서 피해지는 것이 아니다. 누구나 반가운 손님만 만나길 바라는 게 인지상정이겠으나 그렇지 않은 것이 인생이다.

아픔을 두려워 말라. 오히려 아픔은 나에게 행복을 주기 위한 행복의 전주곡으로 여기라. 빛나는 인생은 아픔을 딛고 일어섰을 때 더욱 빛이 난다.

● 인지상정(人之常情): 사람이면 누구나 가지는 보통의 마음.

용기와 두려움은
늘 공존한다

사람의 마음속엔 용기와 두려움이 늘 공존한다. 용기 있는 마음으로 쏠릴 땐 용기 있는 행동을 하고, 두려운 마음으로 쏠릴 땐 두려움과 공포에 젖는다. 문제는, 용기는 긍정적이면서 능동적으로 만들지만, 두려움은 부정적이면서 수동적으로 만든다는 사실이다.

성공한 사람들의 성공 마인드 요소 중 용기는 상당히 중요하다. 아무리 창의성이 뛰어나고, 재능이 출중해도 그 일을 해내고자 하는 용기가 부족하다면 아무것도 할 수 없다.

무슨 일을 할 때 '실패하면 어떡하지?', '공연히 일만 벌이는 거 아냐?' 하는 두려움에서 오는 부정의 마인드를 버려야 한다. 그 대신 '나는 반드시 해낼 수 있어!', '나는 내 인생을 성공으로 이끌 수 있어!'라고 생각해야 한다. 생각하는 대로 되는 게 인생이다.

모든 성공은 용기를 갖고 생각대로 시도해서 이뤄낸 것이다. 자신이 원하는 것을 얻기 위해서는 이를 한시도 잊지 말아야 한다.

● 공존(共存): 두 가지 이상의 사물이나 현상이 함께 존재함.

낙관론자는
어떤 흔들림도 이겨낸다

'낙관론자는 꿈이 이뤄질 거라고 믿고, 비관론자는 나쁜 꿈이 이뤄질 거라고 믿는다'고 했다. 사람은 누구나 때때로 흔들리며 산다. 고난에 흔들리고, 실패에 흔들리고, 가난에 흔들리고, 사랑에 흔들리는 등 여러 이유로 거듭 흔들리면서 사는 게 인생이다.

낙관론자는 흔들리는 것을 두려워하지 않는다. 낙관적인 생각이 불안감을 마음에서 몰아내기 때문이다. 반면, 비관론자는 흔들림의 두려움에 빠져 충분히 극복할 일도 못 하게 된다. 결국 흔들림의 공포를 극복하지 못하고 실패한 인생으로 끝나게 된다.

꽃은 흔들리면서도 쓰러지지 않는다. 폭풍을 견뎌내고 기어코 꽃을 피운다. 꽃만큼도 못한 인생이 되느냐 여부는 자신에게 달렸다. 흔들림을 결연히 이겨내라.

천국과 지옥

마음이
즐거우면 그 순간이 천국이지만,

마음이
괴로우면 그 순간이 지옥이다.

천국과 지옥은 각자의 마음에 있으니,

매사를
즐김으로써 천국이 되게 하라.

지혜와 지식

모든 지혜는 경험에서 오고,

모든 지식은 학문을 통해 싹트고 길러진다.

지혜는 지식의 어머니이다.

지혜가 밝을수록 지식은 그만큼 깊이를 더하고

지혜와 지식이 더불어 병존할 때

최고의 지성인으로 거듭난다.

● 병존(竝存): 두 가지 이상이 함께 존재함.

육신의 나이,
영감의 나이

육신의 나이는
늙고 젊음을 가린다.

그럼에도 영혼이 깨어 있으면
늙고 젊음은 의미가 없다.

왜 그럴까.

영감의 나이는
육신의 나이와 상관없는
영원한 청춘이기 때문이다.

● 영감(靈感, inspiration): 창조적인 일의 계기가 되는 기발한 착상이나 자극.

삶은 소유가
아니다

● 삶을
소유하려고 애쓰지 말고,

매사에
순간순간을 잘 살도록 노력하라.

순간순간을 잘 살면
기쁨도 행복도 그만큼 큰 법이니,

요행을 바라지 말고,

매 순간
온 마음을 다해 나를 살라.

● 요행(僥倖, 徼幸): 뜻밖에 얻은 행운. 또는 우연히 얻은 행운.

Chapter 5

나를 깨우고
변화시키는 명시
그리고 명문장들

강한 자는 남이 못하는 일을 하고
약한 자는 남이 하는 일을 하지 못한다.

걸어보지
못한 길

노랗게 물든 숲속에 두 갈래 길이 있었습니다.
몸이 하나니 두 길을 다 가볼 수는 없어
나는 서운한 마음으로 한참 서서
덤불 속으로 접어든 한쪽 길을
끝 간 데까지 바라보았습니다.

그러다가 다른 쪽 길을 택했습니다.
먼저 길과 똑같이 아름답고 어쩌면 더 나은 듯도 했지요.
사람이 밟은 흔적은 먼저 길과 비슷했지만,
풀이 더 무성하고 사람의 발길을 기다리는 듯했으니까요.

그날 아침 두 길은 모두 아직
발자국에 더럽혀지지 않은 낙엽에 덮여 있었습니다.
아, 먼저 길은 다른 날 걸어보리라! 생각했지요.
길은 길로 이어지는 것이기에
다시 돌아오기 어려우리라 알고 있었지만

오랜 세월이 흐른 다음
나는 한숨지으며 이야기할 것입니다.
"두 갈래 길이 숲속으로 나 있었다.
그래서 나는 사람이 덜 밟은 길을 택했고,
그것이 내 운명을 바꾸어놓았다"라고.

_로버트 프로스트

당신의
사랑입니다

나의 존재를 조금만 남겨주십시오. 그 존재에 의해
당신을 나의 모든 것이라고 부를 수 있도록.
나의 의지를 조금만 남겨 남겨주십시오. 그 의지에 의해
나는 어디에나 있는 당신을 느끼고, 모든 것 속에서
당신을 만나고, 어느 순간에도 당신에게 사랑을
바칠 수 있도록.
나의 존재를 조금만 남겨주십시오. 그 존재에 의해
내가 당신을 숨기는 일이 없도록.
나의 사슬을 조금만 남겨주십시오. 그 사슬에 의해
나는 당신과 영원히 연결되어 있습니다. 당신의
뜻은 나의 생명 속에서 이루어집니다. 그것이 바로
당신의 사랑입니다.

_라빈드라나드 타고르

성공이란

● 자주 그리고 많이 웃는 것.
, 현명한 삶들로부터 존경을 받는 것.
아이들의 호감을 사는 것.
솔직한 비평가들의 인정을 받는 것.
미덥지 못한 친구들의 배반을 참아내는 것.
아름다움을 식별할 줄 아는 것.
다른 사람에게서 최선의 것을 발견하는 것.

건강한 아이를 낳든
한 뙈기의 정원을 가꾸든,
사회 환경을 개선하든 간에
세상을, 자기가 태어나기 전보다
조금이라도 더 살기 좋은 곳으로 만드는 것.

자신이 살았었기에

단 한 사람이라도 좀 더 마음 놓고 살아간다는 사실을
아는 것.

이것이 성공이다.

_랄프 왈도 에머슨

청춘

청춘이란 인생의 어떤 기간 아니라 그 마음가짐이다.
장밋빛 뺨, 붉은 입술, 유연한 무릎이 아니라
늠름한 의지, 빼어난 상상력, 불타는 정열,
삶의 깊은 데서 솟아나는 샘물의 신선함이다.

청춘은 겁 없는 용기, 안이함을 뿌리치는 모험심을
말하는 것이다.
때로는 스무 살 청년에게서가 아니라 예순 살 노인에게서
청춘을 보듯이
나이를 먹어서 늙는 것이 아니라 이상을 잃어서 늙어
간다.

세월의 흐름은 피부의 주름살을 늘리나
정열의 상실은 영혼의 주름살을 늘리고
고뇌, 공포, 실망은 우리를 좌절과 굴욕으로 몰아간다.

예순이든, 열다섯이든 사람의 가슴속에는
경이로움에의 선망, 어린아이 같은 미지에의 탐구심,
그리고 삶에의 즐거움이 있게 마련이다.

또한 너나없이 우리 마음속에는 영감의 수신탑이 있어
사람으로부터든, 신으로부터든
아름다움, 희망, 희열, 용기, 힘의 전파를 받는 한
당신은 청춘이다.
그러나 영감은 끊어지고
마음속에 싸늘한 냉소의 눈은 내리고,
비탄의 얼음이 덮여 올 때
스물의 한창 나이에도 늙어버리나
영감의 안테나를 더 높이 세우고 희망의 전파를 끊임
없이 잡는 한
여든의 노인도 청춘으로 죽을 수 있다.

_사무엘 울만

물욕을 경계하라

춘추전국 시대 촉나라는 드넓은 평야 지대에 곡식이 잘되었을 뿐만 아니라 많은 보화를 지닌 강국이었다. 그럼에도 촉나라 왕은 욕심이 많아 보화를 축적하는 데 심혈을 기울였다. 진나라는 촉나라의 이웃 나라로, 혜왕은 일찍이 촉나라의 부유함을 보고 촉나라를 쳐서 빼앗고 싶은 야심으로 가득했으나, 지형이 험난해서 쉽게 침공할 수 없었다.

어느 날 혜왕은 매우 그럴싸한 생각을 떠올렸다. 그것은 촉나라 왕의 탐욕을 이용하기 위한 계책으로, 석수장이에게 대리석으로 커다란 소를 만들게 했다. 그러고는 이 소가 황금 똥을 눈다고 소문을 퍼트렸다. 그리고 사신을 보내어 촉나라 왕에게 두 나라가 협력해서 길을 뚫는다면, 황금 똥 누는 금소를 선물로 보내겠다고 했다. 이에 촉나라 왕은 그 말을 굳게 믿고 힘센 백성들을 동원하여 산을 뚫고 계곡을 메워 금소가 지날 수 있는 큰길을 만들었다. 길이 뚫리자, 진나라 왕은 즉시 촉나라를 공격하여 쉽게 정복했다. 촉나라 왕은 작은 이익에 욕심을 부리다 나라를 잃고 말았다.

_《신론》중

● 석수장이: 돌을 다루어 물건을 만드는 석수(石手)를 낮잡아 이르는 말.

산비둘기

두 마리 산비둘기가
정다운 마음으로
서로 사랑하였습니다.

그 나머지는
말하지 않으렵니다.

_장 콕토

삶이 그대를
속일지라도

삶이 비록 그대를 속일지라도
슬퍼하거나 노여워하지 말라.
슬픔을 딛고 일어서면
기쁨의 날이 오리니

마음은 항상 미래를 지향하고
현재는 한없이 우울한 것
하염없이 사라지는 모든 것이여
한번 지나가 버리면 그리움으로 남는 것.

_알렉산드르 푸시킨

● 지향(志向): 어떤 목표로 뜻이 쏠리어 향함. 또는 그 방향이나 그쪽으로 쏠리는 의지.

내가 만일

내가 만일 애타는 한 가슴을 달랠 수 있다면
내 삶은 정녕 헛되지 않으리.
내가 만일 한 생명의 고통을 덜어주거나
또는 한 괴로움을 달래주거나
또는 할딱거리는 로빈 새 한 마리를 도와서
보금자리로 되돌려줄 수만 있다면
내 삶은 정녕 헛되지 않으리.

_에밀리 디킨슨

첫사랑

아 누가 돌려줄 것인가, 그 아름답던 날
첫사랑 그때를
아, 누가 돌려줄 수 있을 것인가
그 아름답던 시절의
오직 한 순간만이라도

외로이 나는 이 상처를 키우며
쉼 없이 되살아오는 슬픔에
가버린 행복을 서러워할 뿐
아, 누가 돌려줄 것인가, 그 아름답던 날
첫사랑 즐거운 한 때를

_요한 볼프강 폰 괴테

진실은 아름답게
꾸미지 않는다

믿음직스러운 말은 아름답지 못하고, 아름다운 말은 믿음직스럽지 못하다.

선한 사람은 변론하지 않고, 변론하는 사람은 선하지 않다.

도를 아는 사람은 박식하지 않고, 박식한 사람은 도를 알지 못한다.

성인은 사사로이 쌓아두지 않고, 온 힘으로 사람들을 돕지만 오히려 자신이 더욱 부유해지고, 모든 것을 사람들에게 주지만 오히려 자신이 더욱 풍족해진다.

하늘의 도는 이롭게만 할 뿐 해를 끼치지 않고, 성인의 도는 일을 하면서도 다투지 않는다.

_《도덕경》81장

즐기는 사람이 되라

● 아는 사람은
, 좋아하는 사람만 못하고,
   좋아하는 사람은
   즐기는 사람만 못하다.

   _《논어》〈옹야편〉

마음을 다스려
바르게 하는 법

마음을 고요하고
안정된 흐름 속으로 흘러가게 하라.

욕망에 넘어가지 말고
욕망을 지배하는 사람이 되라.

혀를 다스릴 수 있는 사람은
마음을 다스릴 수 있으니,

마음을 다스리는 사람은
행동을 또한 다스릴 수 있다.

행동을 다스리는 사람은
스스로를 다스릴 수 있으니,

스스로를 다스리는 사람은
또한 진실하고 영원한
깨달음의 빛으로 들어갈 수 있다.

_바바 하리 다스

상대의 행동을 경계하되,
과하게 살핌을 삼가라

남을 해코지할 마음을 가져서는 안 되지만, 남의 해코지를 막으려는 마음을 갖춰야 한다. 이는 생각에 소홀함이 있어 경계하는 말이다. 차라리 남에게 속을지언정 남이 나를 속일 것이라고 지레짐작하지 말아야 한다고 한 것은, 지나치게 살피다가 잘못되는 일이 생길까 하여 경계하여 이른 말이다. 이 두 가지 말을 염두에 두면 사람 보는 눈이 밝아지고 인품이 원만해질 것이다.

_《채근담》130편

● 해코지: 남을 해치고자 하는 짓.

작은 일에도
전력을 다하라

● 사람들은 어떻게 하면
　성공할 수 있는지에 대해 알고자 한다.
　그러나 성공의 방법도 비결도 알 필요가 없다.
　성공의 방법과 비결이 따로 있는 것이 아니다.
　만일 그 방법이나 비결이 있다면
　그것을 멀리 찾을 것도 없이 당신의 손 닿을 곳에 있다.
　당신의 할 일이 비록 작은 일일지라도 전력을 다하라.
　성공으로 향하는 길은 당신의 의무와
　당신이 할 수 있는 일 속에 있다.
　성공한 모든 사람은
　그 자신이 할 수 있는 일들을 게을리하지 않고
　꾸준히 해나간 사람들이다.

　_존 워너메이커

삶을 살아가게 하는
근본적인 힘

우리의 삶을 살아가게 하는
근본적인 힘은 어디에 있는가?
그것은 사랑이다.
고통과 불행으로 가득한 삶을
견딜 수 있게 하는 것도 사랑이며,
삶을 살아가게 하는 힘을 얻게 하는 것도 사랑이다.
사랑은 우리가 험한 세상을
살아갈 수 있게 하는 힘이 되어왔던 것이다.
또한 사랑은 우리에게 무한한 힘과 용기를 주며
우리의 삶을 더욱 풍요롭게 하고 있다.

_아르투어 쇼펜하우어

인생의 목적은
끝없는 전진에 있다

인생의 목적은 끊임없는 전진에 있다.

앞에는 언덕이 있고, 강이 있고, 진흙도 있다.

걷기 좋은 편편한 길만 있는 것은 아니다.

먼 곳으로 항해하는 배가

풍파를 만나지 않고 조용히만 갈 수는 없다.

풍파는 언제나 전진하는 자의 벗이다.

차라리 고난 속에 인생의 기쁨이 있다.

풍파 없는 항해, 얼마나 단조로운 것인가?

곤란이 심할수록 내 가슴은 뛴다.

_프리드리히 니체

● 풍파(風波): 세찬 바람과 험한 물결을 아울러 이르는 말.

강한 자와 약한 자

강한 자는
남이 못하는 일을 하고
약한 자는
남이 하는 일을 하지 못한다.

_레프 톨스토이

가야 할 길이 확실하게 보이는 길을 향해 가라

지금 무엇을
해야 하는지 알 수 있는데
왜 망설이는가?
당신이 가야 할 길이
확실하게 보이거든
주저하지 말고
흔쾌히 그 길을 향해 나아가라.

_마르쿠스 아우렐리우스

그래도 하라

사람들은 불합리하고
비논리적이고 비합리적이다.
그래도 사랑하라.
당신이 선한 일을 하면
이기적인 동기에서 하는 거라고 비난할 것이다.
그래도 좋은 일을 하라.
당신이 성공하면
거짓 친구들과 참된 친구들을 만날 것이다.
그래도 성공하라.
오늘 당신이 선을 행하면
내일은 잊힐 것이다.
그래도 선을 행하라.
당신이 정직하고 솔직하면 상처받을 것이다.
그래도 정직하고 솔직하라.

당신이 여러 해 동안 공들여 만든 것이

하룻밤 사이에 무너질지도 모른다.

그래도 만들어라.

사람들은 도움이 필요하면서도

도와주면 공격할지도 모른다.

그래도 도와줘라.

세상에서 가장 좋은 것을 주면

당신은 발길로 차일지도 모른다.

그래도 가진 것 중에서

가장 좋은 것을 세상에 주어라.

_인도 콜카타 어린이집 '쉬슈 브하반' 벽에 있는 글

인간의 품격

힘들 때 우는 건 삼류다.
힘들 때 참는 건 이류다.
하지만 힘들 때 웃는 건 일류다.

꽃에 향기가 있듯이 사람에게는 품격이 있다.
그러나 신선하지 못한 향기가 있듯이
사람도 마음이 밝지 못하면
자신의 품격을 지키기 어렵다.

썩은 백합꽃은 잡초보다 그 냄새가 고약한 법이다.

_윌리엄 셰익스피어

우리의 임무

우리의 중요한 임무는

희미한 것을 보는 것이 아니라,

가까이 있는

분명한 걸 실천하는 것이다.

_토머스 칼라일

사람과 돈

마지막 남은 나무가
베인 뒤에야,
마지막 남은 강물이
오염된 뒤에야,
마지막 남은 물고기가
붙잡힌 뒤에야,
그제야 그대들은 깨닫게 되리라.
사람은 돈을 먹고
살 수 없다는 사실을.

_크리족 인디언 예언자

Chapter 6

사랑과 행복을
전해주는 푸른 서정과
사랑의 문장들

당신이 사랑하는 그 사람이
바로 당신의 비목입니다.

비목

한 눈밖에 없는 물고기 비목(比目), 한 눈으로는 살기가 힘들어 암수가 함께 평생을 살아간다는 비목. 비목은 당나라 시인 노조린의 시에 나오는 물고기입니다.

비목이라는 물고기는 한낱 미물에 불과하지만 서로를 사랑함으로써 자신의 불행한 처지를 행복한 삶으로 바꾸는 지혜를 가졌습니다.

혼자는 그 누구나 한 마리의 비목 같은 존재이지요. 그렇기에 누군가와 끝없이 사랑하고 함께함으로써 복되고 행복한 인생으로 살아가는 것입니다.

비목! 당신이 사랑하는 그 사람이 바로 당신의 비목입니다.

●미물(微物): 인간에 비하여 보잘것없는 것이라는 뜻으로, '동물'을 이르는 말.

인간이 신과 다른 것

인간이 신과 다른 것은 불완전한 존재라는 사실이다. 그래서 인간은 늘 불안해하고 초조해한다. 불완전한 것을 완전한 것으로 만들기 위해서는 사랑이 필요하다. 인간들이 사랑하는 까닭은 불완전 자신이 사랑을 통해 완전해지고 싶기 때문이다.

사랑은 불완전한 인간을 완전한 인간으로 연결해주는 행복의 고리다. 인생을 좀 더 즐겁고 행복하게 살아가고 싶다면 사랑하고 또 사랑하라.

가장 아름다운
언어

사랑의 말을 나눌 땐
가장 아름다운 언어를 사용하라.

당신이 사랑하는 사람이
가장 행복한 미소를 지을 수 있도록,
최대한 멋진 언어로 말하라.

사랑의 언어는
세상의 모든 언어 중
가장 아름다운 언어이다.

사랑에 대한 예의

거만한 사람보다
예의 바른 사람에게 호감을 갖는 것처럼
사랑도 예의를 갖추어야 한다.

예의 없는 사랑은
경망스럽고 가벼워 보인다.

당신이 누군가를 사랑하고
사랑받고 싶다면 예의를 다해야 한다.

사랑은 예의이다.

더 많이 고마워하고,
더욱 행복하게 살라

고마워할 일이 많은 이가
진정 행복한 사람이다.

고마워할 일과
행복은 정비례하기 때문이다.

더 많이 고마워하고,
더욱 행복하게 살라.

● 정비례(正比例): 두 양이 서로 같은 비율로 늘거나 주는 일.

사랑의 법칙

사랑을 받으려고만 한다면
그것은 이기심일 뿐이다.

사랑은
받는 것이 아니라 먼저 베푸는 것이다.

그래야 더 큰 사랑으로 돌아온다.

이것이 사랑의 법칙이다.

사랑의 법칙에 순응하는 사람이
진정으로 행복한 사람이다.

인생과
사랑하는 시간

인생은 정말이지 턱없이 짧다. 통계에 의하면 유감스럽게도 인생의 삼분의 일은 잠자고, 삼분의 일은 일하고, 나머지 삼분의 일로 사랑하면서 취미생활, 운동 등 잡다한 일까지 한다고 한다.

그렇게 볼 때 사랑하는 시간이 너무 적지 싶다. 그런데 이 와중에 싸우고, 미워하고, 울고, 짜증까지 부린다고? 사랑하는 시간은 더더욱 짧아질 것이다.

후회하지 않는 사랑

사람들은
사랑하는 이가 곁에 있을 땐
그이의 소중함을 잊고 산다.

그러나 그이가 곁에 없을 때
'그때 더 잘했어야 했는데' 하고
그제야 후회한다.

후회하지 않는 사랑,
참사랑을 하라.

나눔의 행복

행복한 사람은
나누는 일에 인색하지 않다.

행복은
나누는 데서 오는
즐거움과 기쁨의 파랑새이다.

행복하길 바란다면
나누는 일에 기꺼이 참여하라.

스스로 행복을 만들라

행복은 욕심을 내려놓을 때
스스럼없이 다가오고,
사랑과 베풂을 통해 더욱 크게 다가온다.

누군가의 힘으로 행복을 바라지 말라.

스스로 행복을 만들어갈 때
진정으로 행복한 내가 될 수 있다.

오래가는 행복

진정으로 행복한 사람은
돈에 만족하는 사람이 아니라
자신이 하는 일에 만족하는 사람이다.

돈에서 행복을 찾지 말라.

돈이 사라지는 순간
허망함의 우물에 빠져 헤어나지 못할 것이다.

자신이 하는 일에서 행복을 찾아야 한다.

그래야 오래가는 행복을 누릴 수 있다.

아무렇지도않게
행복한 날

살아가다 보면
그냥,
아무렇지도 않게 행복한 날이 있다.

보는 것마다 다 예뻐 보이고,
듣는 것마다 다 노래처럼 들린다.

만나는 사람마다 다 즐거워 보이고,
하는 것마다 다 잘된다.

그런 날은

그냥,
아무렇지도 않게 행복하다.

아름다운 것을 보는 만큼
행복해진다

● 항상
,

아름다운 것을 바라보라.

아름다운 것을 바라보는 만큼

인생은

더 행복해질 것이다.

삶이 우리에게
베푸는 행복

산다는 것은 참 감사한 일이다.

지금 일이 잘 안 풀린다고 너무 속상해하지도, 상처받지도 말라. 잘될 때도 있고, 잘 안될 때도 있는 게 인생이다.

그럼에도 포기하지 말라. 반드시 자신이 원하는 일을 하게 될 것이다. 그것이, 삶이 우리에게 베푸는 행복이며 축복이기 때문이다.

행복은
당신 곁에 있다

● 멀리서 행복을 찾지 말라. 행복은 당신 곁에 있다.
❜ 맑은 눈으로 바라보라. 마음의 귀를 열고 들어라. 욕심
을 내려놓아라. 칭찬을 많이 하라. 긍정적으로 생각하
고, 부정적인 생각은 잘라버려라. 사악한 마음을 몰아
내라. 쓸데없는 걱정에 사로잡히지 말라. 먼저 다가가
고, 먼저 배려하고, 먼저 사랑하라.
그러면 행복이 당신의 손을 따뜻하게 잡아줄 것이다.

바람이
아름다운 날

， 바람이 아름다운 날은 시가 되기도 하고, 노래가 되기도 하고, 그림이 되기도 하고, 민들레가 되기도 하고, 무지개가 되기도 하고, 뻐꾸기 울음소리가 되기도 하고, 갈대가 되기도 하고, 오색구름이 되기도 하고, 하얀 목련나무가 되기도 하고, 노을이 되기도 하고, 풍경 소리가 되기도 하고, 쇼팽의 피아노 선율이 되기도 하고, 한강의 유람선이 되기도 하고, 덕수궁이 되기도 하고, 남산 한옥마을의 한옥이 되기도 하고, 열두 줄의 가야금이 되기도 하고, 구름 한 점 없는 푸른 하늘이 되기도 한다.

그러니 바람이 아름다운 날은 멋진 사랑을 하라.

풍경

부러진 늙은 밤나무 가지 끝에 앉은
까치 한 마리가 아래를 굽어보고 있다.

적막한 고요가 한 줄기 바람이 되어
허공을 가르며 날고 있다.

매일 듣고 싶은 한마디 필사책

초판 1쇄 인쇄 2025년 04월 11일
초판 1쇄 발행 2025년 04월 20일

지은이 | 김옥림
펴낸이 | 최윤하
펴낸곳 | 정민미디어
주 소 | (151-834) 서울시 관악구 행운동 1666-45, 3층
전 화 | 02-888-0991
팩 스 | 02-871-0995
이메일 | pceo@daum.net
홈페이지 | www.hyuneum.com
편 집 | 미토스
표지디자인 | 강희연
본문디자인 | 디자인 [연;우]

ⓒ 김옥림

ISBN 979-11-91669-88-6 (03810)